野村喜和夫選詩集

閨秘のなかで、ふたりで

aruhyo no naka de futaride
Kiwao Nomura

ふらんす堂

閏秒のなかで、ふたりで　＊　目次

iii　萌える未知のアシカビ

閨秒のなかで、ふたりで

野村喜和夫　自選エロティック詩集成

（ある日、突然）

ある日、突然、
何もすることがなく、
なって、空蟬、からから、
夏あみ、だぶつ、
ああいっそ、
妊婦とセックス、して、
みたい、ぼくは、すてきだろうなあ、
まるく膨らんだ、スイカのような、
おなか、ちたちた、舌で、
登ったり、駆け下りたり、
妊婦の、
魔の、山の、
妊娠線、恐そう、稲妻みたい、
なぞったり、それたり、

胎児の心音、聴いたり、
あ、動いた、なんて、
愛する大地、
愛する大地、
遊んでいるうちに、ごはんですよ、
じゃなかった、山の、ふもとの、
毛の、絶対繁茂する、
世界のみなもと、
から呼ばれて、すてきだろうなあ、
ぼくは、ペニスを入れて、
胎児の、すぐそばに、
マイクみたいに近づけて、近づけて、
そっと、採集、するんだ、
「超人」の、
「星の子供」の、
大きすぎる頭から洩れる、
親殺しのささめきを。

i

播くんじゃない、突き刺せ

閏秒のなかで、ふたりで

朝は起きて
爪を微小な旗のようにさらし
パンをちぎる
とか、ふつうに身体でありつづけていると
何となく
秒を読まれているような気がしてしまう
だが
閏秒
というのがあるのだそうだ

もぐりこんでみると
思いのほか深い
いや長いというべきか
夜

あたりは高層住宅の群れ
ファミリーレストラン裏にまわり
たとえば一本のコナラの木が
さらに狂おしいまでに木であろうとしている
と想像せよ
葉むらをかきわけて
私は女を抱く
地表がちかく
雨上がりの湿った土の匂いがしている
タフであり
豊か
黒いミルクのような闇だ
むきだしの腰にみえない星をうねらせながら
女を抱く
女を抱く
腰はいつの間にか地表を打ちつけている
どんな沼になってあげようか
と地表も応えている

そして
あらゆる地表は女である
あらゆる女は言語である
とまるで、その喩こそつぎの一手
終わって
ふつうに身体のほうに
気を入れようとするのだが
粘膜によろしく
とか、気はまだ
地表ちかくを読みまわっている

コイトス通史

危険、絶えず危険と接し、むつまじくしていなければ、魂の錬磨、時の果実というものはもたらされまい。いまも、近傍を絶えず稲妻の青い光に彩られて、ほとんど裸のまま、私たちはすすむのだ。また稲妻。また稲妻。そのたびに私たちの尻の精華が浮かび上がるのを、あなたは見るだろうか。生のあとの生。

＊

思い出す。はるかな昔、明治の文豪が礼賛したような陰影のあふれる部屋で、格子越しに流れてくるラジオ体操の大音響を聴きながら、その「大きく脚を開いて」や「そのまま上体を倒して」のかけ声そのままに組み合った私たち。ねっとりとしたモンスーンの空気が、触れ合う二つの肌の表面に陰影以上の微妙な肌理を与えていた。たしか、私たちは面をかぶっていたと思う。コイトス通史。

＊

思い出す。ひるひなか、交接の場所を求めて私たちは雑木林をさまよったのだが、粗暴なまでに生い茂るクマザサのうえに身を横たえる気にはなれず、といって、下草のうすいところにはうざうざした蟻の群がみえ、その微細なるキャラバンに肌を明け渡すわけにもいかず、仕方なく私たちは、立ったまま樹木につかまって、蟬のようにからだを繫げたのだった。木漏れ日が私たちのむき出しの尻を斑に染めて、私たちが動くたびにそれは、豹紋のように揺れた。コイトス通史。

＊

日を日に繫いだ果ての果てで、突然、大粒の涙が眼からあふれ、こぼれ落ちそうになるのを、もうぬぐう手もないから、私は払い落とそうとして何度か顔を振るが、かえって涙は、遠心の力を得て顔のまわりを廻りはじめ、白銀に輝き、遊星のよう、めぐるその速度の履行につれ、もはや中心に眼もなく、顔も縞のように欠けて。生のあとの生。

不詳肌

i 〔前駆〕

あれはたしか、けだるい午後おそく、きみの下腹の、陰毛の生え際のあたりに指を這わせて、もうすぐ待望の性器だ、と思っていると、ことわりもなくきみの下腹は、荒廃した病院の壁に変わり、そこに点滴の管の影が揺れていた、それから落書き、「奇形に生まれついた私を本来の姿に」という言葉も見え、壁はやがて——

ii 〔純粋肌理スキーム〕

不詳肌

不詳
肌
うらうらする
灰のから
かじかめるように
レレて
寝ずの肉ほら
あん
脳をこごして
根ばく
地母ル
字藻ル
あしたの左右
うちびらにあて
麩

うっ巣
らな
中枢うぃ
小泡まじりに
あらら
わた
うき出すか
織り
べり
ぞり
織り
汗ぎらら
らシンラ
濃くに
息つるように
わなな
いた

不詳
肌
不詳肌

iii 〔実践肌理スキーム〕

待たれていた
岸
のように、

いつからか、
集う
不詳肌、
不詳
肌、

へと、
わたくしたちはすこしずつ、
あれを名づけたり、これを名づけたり、しなくなった、

だって接触していれば、
ソレが葉であり、
茎であり、するのだから、

ああ、爪、半月、
よだれ、
だれかさん（浮く世へと
うって出るのだ）、
ソレを、男とも女とも、呼ばないでおこう、
ただ、
ひとにとって、
ひとでない縁へ縁へと、ひとを成してゆく、
そんな幾ばくかのひとがいるのだ、

不詳
にいたるまで剥きあらわれた、
剥きあらわれた、
香ル、
肌、

とはいえ、
わたくしたちがソレそのものとなることはけっしてない、
わたくしたちはただソレと接触して、
あるいはソレへと、
遺棄されて、
香ル
肌
不詳、

日のまだらのなか、
かろうじて〔浮く世〕へと

うって出るのだ〉、いくつかの傷、
傷がひらき、

集う
不詳肌、
不詳
肌、

iv〔オプション、ひらがなのをんなをさがす〕

ひらがなの、をんなをさがす、
女は、ひらがなになりたい、と言ったのだ、
わかるような気がする、わたくしだって、
男という字はきらいだ、せめて、
ローマ字にでもなってくれたら、とも思いながら、
ひらがなの、をんなをさがす、

きさらぎ、やよい、何かしら、
肌の、つまびらかでない、集いのなかに、

あるいは昼と夜、そのすきまのあたりだろうか、
タイミングをはかって、入り込む、
をんなは、ひらがなだからといって、
古風とはかぎらない、ジーンズとTシャツのあいだから、
へそ、のぞかせているかもしれない、
でも、ひらがなになるって、
もうすこしくだいて言うと、どういうことだろう、
身もこころも、あわあわしはじめて、
糸くずのようにただよい出す感じ、だろうか、
そのただよいの下、伸びてゆく観音ふうの、
指のあわれ、だろうか、わからない、
わからない、とかつぶやきながら、
ひらがなの、をんなをさがす、

子猫がいたり、石鹸が泡立ったり、

する薄明のなかを、気がつくと、
わたくし自身の、欲望の蔓にまといつかれて、
生きもののかなしみ、みたいな、
おいおい、ひらがなの、をんなは、
もうすこし遠くの帰趨だ、語り得ぬ、
ひとの最後の息の近くかもしれぬ、もとい、
タイミングをずらして、また入り込む、
みつけたら、どうしようか、
女に戻し、妻に戻し、と考えると、
たくさん棒とかも必要で、面倒くさくなった、
しもつき、しわす、何かしら、
肌の、つまびらかでない、
ひしめく微光のような、無為のような、
集いのなかに、そうだわたくしも、
まぎれよう、ことされよう、

緋の迷宮

　恋人を追って、私はひどく奇怪な街に入り込んでしまったらしい。恋人といっても、まだキスしたこともない女で、いや、もしかしたら私の一方的な欲望の対象であるにすぎないのかもしれず、しかも彼女は、私の教え子のひとりであり、授業中彼女に質問を出すと、答えるかわりに教室から出て行ってしまったので、「待ちなさい」と私も教壇を降りて、そのまま大股でキャンパスを抜け、大通りを渡っていった。というのも、彼女もそのルートを逃げ去っていったからだ。

　大通りを越えると、鎮守の森につづく朱色の鳥居のつらなりがあり、そのまえで恋人は（恋人を追って、私はひどく奇怪な街に入り込んでしまったらしい）、まるで私を待ってくれているようにいたずらっぽく微笑んだりもしたのだが、あるいは、豪壮なマンションの建ち並ぶ坂がちな通りでは、キリコの絵に出てくる少女のように、風に髪をなびかせながら、光と影とのくきやかな交錯のなかを逃れてゆく彼女の姿が、きれぎれにこちらの眼にも映じていたのだが、いまやすっかり見失って、日も沈み、とある繁華街のはずれで途方に暮れていると、右手の路地の奥から手招きする者がいる。

あの娘ならこのなかにいるよ。そう言わんばかりであった。寄ってみるとそこは飲み屋の扉で、中に入ればバーカウンターだけの空間だ。しかし恋人の姿はみあたらず（恋人といっても、まだキスしたこともない女で、いや、もしかしたら私の一方的な欲望の対象であるにすぎないのかもしれず）、それればかりか、丸いスツールにすわり足を浮かせている何人かの客がいっせいに私のほうを振り向き、そのまなざしがどこかしら敵意むきだしだった。さらに驚いたのは、スツールと壁のわずかな隙間をカニ歩きで抜け、向こう側のドアのところまで行ってそれをあけると、トイレか何かだと思われたそのさきが、なんとそのままレディスファッションの店になっていたことだ。まさか。ただでさえ場違いなその店内を私はうろうろしてしまい、それをみとがめた店員に追いかけられて、藁をもすがる思いで店の反対側のドアを開け外に出ようとすると、今度は、そこはいきなり書店であった。つまり、店と店とがひとつづきで、通路とか廊下とかの、あいだの部分がないのだ。

いったいこの街はどういう構造をしているのだろうか。そんな考えをめぐらす間もなく、恋人の姿が書店奥の非常口近くにみえたような気がしたので、立ち読みの人たちにぶつかりながら恐ろしい勢いで書棚のあいだを抜け、非常口にまで達したが、すでに彼女の姿はなく（しかも彼女は、私の教え子のひとりであり、授業中彼女に質問を出すと、答えるかわりに教室から出て行ってしまったので)、仕方なくドアを開けて外に出ると、そこはまたもレディスファッションの店で、競馬の出走ゲートのように試着室が並んでいる。そして色とりどりのスカートやワンピースのジャングル。そうかここに恋人は服を買いにきたのだ。そう確信して私は突進した。布の襞やへりに沿って白い虫のように這い上がる女たちの指になぶられ、またむせかえるような女たちの匂いに息を詰まらせながら、必死になって恋人の姿を探しまわるが、みつからないうちにたちまちその店も突き抜けてしまう。こうなればもう、さしあたりこの数珠繋ぎの商店街を全部くぐりおおせるほかないと思ったが、いつ果てるともなく店々はつづき、ファストフード店から靴店へ、靴店からドラッグストアへと、私はもう迷路のなかを狂奔するネズミさながらだった。そして、もしかしたらこの数珠繋ぎの店々は、まさに数珠のように円環をなし、いやさらに、螺旋状に内へ内へとみずからを巻き込んでいるのではないか、なんとなくそんな気がしてきて、そうするといつかどんづまりの店につきあたるはずで、そこに恋人を追いつめてゆくまでのことだ。

　ドラッグストアのつぎは花屋であり、花屋のつぎは葬儀屋であり、まさか葬儀屋に恋人は用などないはずだが、葬儀屋のつぎは不動産屋であり、これならもしかして恋人は、私との来るべき甘い生活のための物件を探しているのかもしれない、などという私の妄想をあっけなく砕いて恋人はそこも素通りしていったのだろう。不動産屋のつぎは歯科医院であり、ところが、なぜかこのあたりから室内の照明が妙にピンク色っぽくなって、歯科医院というより歯科医がのぞく患者の口腔そのものに入り込んだみたいだと思ったら、じっさい歯科医院のつぎは、何もかもがピンク色で統一された何やらいかがわしいマッサージの店で（「待ちなさい」と私も教壇を降りて、そのまま大股でキャンパスを抜け）、だがそこを抜けた居酒屋も、ピンクをさらに一段と濃くしたような、つまり緋色の居酒屋であって、これではまるでほんとうにヒトの口腔から体内に入って、そのこんがらがった内臓や血管のなかを経めぐっているかのようだ。いつからか恋人の姿も見失っているので、もしかしたら私は、まぎれもなくすでに恋人の体内に入り込んでいて、その緋の迷宮のなかを狂奔しているのかもしれなかった。

まさかまさか。居酒屋を抜けてつぎの空間は、しかしこれまでのどの店よりも狭く、暗く、従業員用のロッカールームかただの倉庫のようにもみえたが、あるいはこれが螺旋の街の奥のどんづまりの部屋なのかもしれない。ならば恋人もここで行き止まっているはずだ。電灯をつけようとスイッチのある場所を探したがみつからず、仕方なく眼を凝らして闇のなかをのぞきこんだが、人のいる気配はなさそうだった。私はその場にへたりこんで、するとたちまち（恋人を追って、私はひどく奇怪な街に入り込んでしまったらしい。恋人といっても、まだキスしたこともない女で、いや、もしかしたら私の一方的な欲望の対象であるにすぎないのかもしれず)、それまでの自分のあまりの狂奔ぶりにどっと疲れが出たのであろうか、そのままうとうととしてしまった。

どのくらいの時間が流れたのか、ふっと眼をひらくと、壁の一部に光のスリットができている。這い寄ってみると、壁とみえたのは実は襖で、その隙間から光が漏れているのだった。まだこの先の空間があったのだろうか。吸い寄せられるようにして、その光のスリットに眼をあててみた。すると、もうもうと立ちこめるスモークの向こうに、裸で絡み合った一組の男女の姿が浮かび上がっている。どうやら猥褻なショーが行われているらしい。男があぐらをかいてその上に女を対面でまたがらせ、下から激しく突き上げるようにして交わっているが、光を浴びて異様に白いそのふたつの肉体に、見物人とおぼしきいくつもの黒い頭のシルエットが、にじり寄るように犇めいているのだ。やがて女はのけぞって、こちらへ顔をさらす。あろうことか、それがまぎれもない私の恋人の顔なのだった。眉間にしわを寄せ、口を半開きにして喘いでいるその表情には、まだすこしあどけなさが残っている。私は思わず光のスリットから眼をそむけ、いまみた光景を打ち消そうとしたが、驚愕とともに嫉妬の感情も湧いたのだろう、のけぞった恋人の肩越しに男の面貌も一瞬認められたような気がして、どうしてもそれを確かめたくなった。それでふたたび襖の隙間に眼をもってゆくと（しかも彼女は、私の教え子のひとりであり、授業中彼女に質問を出すと、答えるかわりに教室から出て行ってしまったので、「待ちなさい」と私も教壇を降りて、そのまま大股でキャンパスを抜け）、ちょうど男が、のけぞりの姿勢から今度はぐったりとしなだれかかってきた女を抱きかかえて、惚けたような、あるいはどこか途方に暮れたような薄い表情をしてこちらをみている。

男は私だった、恋人を抱いている私だった。ぞっとして私はいったん身をそらした。ありうることだろうか、恋人を追ってここまで来た私なのに（恋人を追って、私はひどく奇怪な街に入り込んでしまったらしい。恋人といっても、まだキスしたこともない女で、いや、もしかしたら私の一方的な欲望の対象であるにすぎないのかもしれず、しかも彼女は、私の教え子のひとりであり、授業中彼女に質問を出すと、答えるかわりに教室から出て行ってしまったので、「待ちなさい」と私も教壇を降りて、そのまま大股でキャンパスを抜け）、同時に、先回りして恋人に追いつき、まがりなりにも愛の交歓を果たしているもうひとりの私がいる。私はもう一度前のめりの姿勢になった。氷を首筋に当てられたようにこわばっているこの私を、もうひとりの私が、なおも惚けたような表情のままみつめている。

そのとき、私もろとも襖が前に倒れた。勢いで人だかりのシルエットもどっと崩れた。ショーは大混乱となった。罵声の飛び交うなか、私は黒い頭どもの波にサーファーのように乗りかかりながら、混乱の中心のほうへ、そこでまだもうひとりの私と交わっているにちがいない恋人のほうへ、そのからだのどこか一部にでもさわろうと、むなしくもけんめいに手をそよがせつづけた。

性の端末

鉄塔と私、
そう、私は鉄塔を見上げる、

ときおり、軍用飛行機が、空からひりだされた重い欠損のように、

そして鉄塔の下、その直下ではなくとも、
なぜなら直下はオフリミット、電磁波もこわいから、
だがその下の方には、街並が展開しているのだろう、
ごくありふれた、郊外の街並が、街並ともいえない街並が、
畑や泥田や雑木林を食い荒らすように、
荒涼と、冬の空のもと、

けれども私はそこをみない、みて何になろう、
そこで私はきみと出会った、というかそこは、
きみそのもののような、湿ってくぼんだ産生の場所だった、
だからあまり歩き回るべきではなかったのに、
私は歩いた、性の端末として、
ああ、

性の端末として、

そして私は、うかつにもそこに接続され、
痙攣し、涙し、あるいは精を放ったのにちがいなく、
いいかえるなら、そのようにしてひとの登記が、
その街並に、ひとの登記が、
播くんじゃない、突き刺せ、と、

それだけだ、みて何になろう、ごちゃごちゃと住宅があり、
Carrefourがあり、すすけた性具店があり、廃レストランがあって、
そのガラスは砕け散り、コンクリートの裂け目からは、
枯れたぺんぺん草が笑いかける、

のにちがいなく、かたわらで、
たしかにきみの股から、何かが産声を上げた、
その何かは、うすく血の繭に覆われて、
かわるがわる、黙示の黒い昆虫であり、井戸の夢の騒擾であり、
なかんずく、青くるしいほどの詩への欲望であった、
播くんじゃない、突き刺せ、

突き刺せ、と、

それだけだ、さようなら、私は戻る、
鉄塔と私に戻る、

鉄塔と私、
そう、私は鉄塔を見上げる、

エクササイズ

1

こんな派遣と効率とジムばかりの時代だから
われわれはわれわれを
とりどりにつるませて
かたちの
府を麩へ
麩を腑へ
きりもなくひらき
あるいはそのうへを
熱くあさましく旋転していかなければならないのか
歓びにみちた
刑罰のやうに

2

ぼくが上になり　きみを組み敷いて
みみと川　なのりそ川　うしろで鳴く蚊の暗さとともに
きみが上になり　ぼくに騎乗して
あさむつの橋　あまひこの橋　水の母のまぼろしの傷もあらたに

ぼくが胡座をかき　きみを抱つこして
ほこ星　ふさう雲　こぼれてくる光の蝶をかぞへながら
きみを四つん這ひにして　ぼくがうしろから
うきたの森　かそたての森　鏡は深度においていつも春だらうから

ぼくがうしろから　きみを横抱きにして
いなび野　つぼすみれ　惑星の裏手で待つ波濤のやうに
天にまします炎よ
われら軟弱な瓦礫を許したまへ

3

ゆびの
はじめは自然数
鏡のなかに西日が射し
羽化しはじめたかのやうなきみの耳の内側をたは
むれるやうに撫でてみるゆつくりゆつくりと
きみのあそこの整数めく紐を
伸ばして吸ひたてちろちろと這ひくだる舌
かりにそれが分数の上下だつて
やるせなささうな声をあげ
赤光の星濡れあふれた有理数にからめ一体に
なるとたちまち有限小数
みたいにきみを絶頂に追ひ込みながら
みづからもこらへきれずに乳の霞ちちのかすみひき絞つてゐた弓の矢を
鴇色にきらきら光る無限小数さながらのきみの襞深くに
打ち込んだのであつた飛んでる飛びながらひつ
空が無理数が

ンあっああ空が虹が
でるぅ
すると実数の
全体だ

ii

性が生を越えてゆく

そして徴

笑ってしまった、
なまなましかった、
円が描かれていた、
同心円がふたつ、目の前のコンクリートの壁に、
私は排泄しにやってきたのだが、
おい、なんとか言えよ、同心円がふたつ、
笑ってしまった、
さらに長い直線が一本、
縦にふたつの円を貫いていた、
なまなましかった、
外側の円には、放射状に、
短い直線が何本も描き込まれていた、
毛のつもりなのだろう、
私は排泄しにやってきたのだが、

笑ってしまった、
おい、なんとか言えよ、
いや、言えないよな、口じゃないものな、
待てしかし、円がゆがみはじめ、
まさかそんな、笑い始めた、
なまなましかった、
なまのあれよりもなまなましかった、
生きていた、そいつは生きていた、
肉の厚みも、温かみもないが、
こんにちは、こんにちは、
二つのわ、わ、笑って、
笑ってしまった、おい、いつ、
だれによって、在らしめられたんだ、
なまのあれに先立つ、ほとんど唯一の、
ありうべからざるあれのような、
母音、零年、
燃えあがる線、
たわむれに私は、上に、

あの女、この女、任意のきれいな顔を乗せ、
消えろ、消えろ、
おまえたちの下の、
顔のない情熱こそ、
いとしいよう、いとしいよう、
血のめぐりもない、分泌もしない、臭いも放たない、
かまうものか、あらゆるなまのあれに先立つ、
あらゆるなまのあれよりも不滅な、
おい、笑えよ、私を笑え、
テロリストを笑え、
ひとは血まみれで生まれてくるのだから、
血まみれで死んでもいいなんて、
くだらないよな、笑えよ、
同心円がふたつ、
いやちがう、
小さな死がふたつ、だよな、
愛のあらしにおいては、
性が生を越えてゆく、

だものな、性は生よりも、
ひとまわりもふたまわりも、大きい、
その円、
うおっ、
うあっ、

強制開芽

だから巻き戻してごらんそれはいきなり始まり待ってよというひまもなかったストーリーは苦手ほんとうにいきなり芽は開かされておおかわいそうかでも何の芽だったの馬鹿俺だってよくわからないひとつの文脈をべつの文脈へ一種ワープってやつさ

（盛り上がりながら方法よ反りかえりながら方法よそれは韻律の沈黙のうえにきざす突起である）

うそばっかりわかってるくせに暗赤色のひらめきを四方に散らしながらそれあれじゃない見て同時に葡萄が押し潰されていくようにただ見えるの内側だけなのねだから倫理パスなのよまさか閉じてそう閉じて隠されているのと変わらないわ同一同一見つかったぞ何が同一があだらけた網のように張りめぐらされてねえ聴いてる

（眼は浮遊してしかし耳はどこ）

でも巻き戻してごらんそれは内側じゃない内なるものの表出なんて舌の使いはじめにからめ取られるべきもの厳密に言えばだっていきなり強制だろそんなこと内側にできるかできるわよ馬鹿ほら聞こえないのか行け行けと切迫した外からの声うそじゃない俺だっていわばつるんとした葡萄だし暗赤色のひらめきを集めながらたったいまそこから出てきたところなんだ

（出ていっときじっとして刻をはかるような休止符がある）

んもう呼ぶと呼ばれたので呼び返し入れ出ろ入れなんだからたまらなく矛盾いつだってそう脈絡は自由自在にミルクを嘗める子猫の舌の音のような淫らな響きも入れて気の済むまでリアルなのね

（そう相変わらず縦に割れた肉のほころびに沿って方法よしかし平行して脳髄のなかを方法よあたりの空気はようやく比喩におののき始めている）

だとしても芽はどうなるのストーリーは苦手いきなり開かされて何
の芽か知らないけれどあなたのその浮遊する眼にとってはかぎりな
く辿り着けない何かべつのものに棄てられてまたそれを棄てて

（いや棄てながら同時に取り戻すんだそのあたり難所のようにひど
く不分明なまま）

だからそれが外なのさ巻き戻してごらんまたいきなり始まりいきな
り終わるだろうけれどそれはその束の間が長く無数の毛穴のように
表出の死のように開かれた芽を何の芽にせよ取り巻いてさあ見える
だろ見えるわそれが猶予のように猶予が汗のように汗が虫様筋のよ
うに止んだ病んだ都市の風のように

極楽考

光さんさんの銚子駅の近くの
ファストフード店の前の歩道に
すっげえ可愛い女子高生がヤンキー座りしてて
スカートの中がいまにもみえそうで通りがかった私は
気になって気になって仕方なくでも電車に乗って東京
帰らないといけないし眼だけ残してあとの私自身は
駅の方に歩きつづけたのだが「おいおいちんぽこぐらい
一緒に残していってくれよ」と眼は言いたそうでその
眼の報告だから眉唾だが眼はしばらく少女の膝のあたりに
浮遊して中を覗く機会を窺っているうち一瞬ぱっと少女の
股が開いてヤッターとばかりに飛び込むと罠だったのか
たちまち両の太股に挟まれてぎゃっとあげるべき叫びも
口がないからできず窒息もできずただただ数秒後のおそらくは
生卵のようにぐしゃっと潰れてしまうであろう自分の運命を

イメージしていると「ばかだよあんた」と少女は
そんな眼をつまんでパンツの中に導き入れてくれたのだそうだ
毛がちょっとちくちくするけれどうれしいありがたいで眼は
涙まで流してただ銚子は海の近くだからかやたらと生臭く
別の眼なんかもいてお互い照れくさいねとか思いながら
左右から濡れた大きな唇が向き合ったような入口で
拝観料まで払わされて変だとは思ったが「真っ暗だから
注意して」と案内のお兄さん「極楽ツアーへようこそ
極楽までしばらくは真っ暗だけど右手やや上ぐらいの見当で
壁を手探りしてすすんでみて仏の手みたいなのに触れるから
そしたらユリイカって叫ぶこと」「眼だから叫べないと
思うけど」「いや叫べます叫んだら極楽行きまちがいなし
ですよさあさあトライトライ」言われるままに
狭くてなまあたたかい通路をすすみ右手やや上方の壁に
仏の手のようなものを探したがもちろん真っ暗で何もみえず
おまけにシボシボした突起とかウネウネした襞の感触が
壁いちめんから伝わってきてこれじゃあ仮に仏の手に
触れたとしてもそれをどうやって仏の手だと

同定したらいいんだよ皆目わからないので「じゃもう一度」
と戻りかけたら「痛っ」別の眼と鉢合わせで「すいません」
「どういたしまして」「仏の手みつかりましたか」
「いやまだ」「ねえ触れたことにしちゃいませんか」
「いやそれはでも」「いいんですよだれも見てないし」
とまあそんなわけでなんとなく触れたことにしてユリイカって
叫びまたしばらくすすむと不意に明るくなり視界がひらけて
「へっこれが極楽かよ」みたところいやどうみたって水族館だぜ
たくさん魚が泳いでいるしアジだろイシダイだろ
ハンテンザメだろおいおいウミガメまでいるよって
あきれているうちあれれ眼もいつのまにか水族館の中しかも
スーイスイ眼らしくもなく泳げていてそういえば眼って
正面からみると魚の形だよなあ楽しいことは楽しく時の経つのも
忘れてしまいそうになりおっといけない本体の私が幕張新都心
過ぎたらもう私の眼窩に戻れなくなるってまさかでもそんな
ガセネタに振り回されてあわてて出口を探したけれど水族館いや
極楽に出口なんてあるだろうかだってそうだろ極楽それ自体が
最終出口以外の何ものでもなくそれにさらに出口があったら

それこそ語義矛盾ではないか金返せの世界ではないか
どうしようどうしようああ仏の手よ我を救いたまえ
それからどこをどう通って極楽を脱することができたのか
「極楽?　でもそれっておまえ竜宮城だろ」と千葉駅あたりで
居眠りから醒めた私がおりしもそのとき私に戻ってきた眼を
冷やかすと眼は何も答えずもとの私の眼窩に無事
収まったのはいいがその日からなのだ
私はまるで十年ひとっ飛びみたく
一気に老眼となってしまった

飛狭根

視床ふたはしら、神めかすそのあわいに、
サネ、
夥しいサネ、
眼へ眼から、のように、
ふいにやって来てふいに消える、
それら襞のなかの
いのち、静か、のなかの
また飛狭根、
サネ、
ふいにやって来てふいに消える、マイナーマイナー、
また亜狭根、
サネ、
どんなあなたとも接合さ、ほら、
血のにじんで、毛の育って、

光のままの肉、肉のままの光、またほら、
ゆらめきすすむ
燐の軌跡、
つぼみの
つや、のなかの
（死は一個の卵）のような、
また飛狭根、
サネ、
それら襞のなかの
いのち、静か、のなかの
（詩は韻律の沈黙に突き出た突起）のような
サネ、
夥しいサネ、
また求ム、
モデル、woman、オトナ、東洋系、
哭き女のまんじどもえのサネ、
モデル、young、ロリータ、抱キシメタクナル、
飛ぶかわいい舌状のサネ、

モデル、twins、ヨージタイケイ、
双子、成る、
Oh！
視床ふたはしら、神めかすそのあわいに、
青狭根、黄狭根、
亜狭根、熱狭根、
また飛狭根、
まるくあふれて、あふれてくびれ、
（今たわわに実った脊髄の
ぼくがくだものなんですよ、
ぼくがくだものなんですよ）
のような、
なまの、なまのひらがなの、
るりるり、光を吸うか、肉を吸うか、
サネ、
流離、サネは流離する、サネはルーリする、
また随伴の
高所がくすんでいる、

ことの端の高所に
また平狭根、
サネ、
眼へ眼から、のように、
視床ふたはしら、神めかすそのあわいに、
マイナーマイナー、
悦ばしい随伴、悦ばしい流離、
（テクストの出口は可能か）のような、
飛狭根を忍び、
亜狭根を黙して。

会陰讃

1

誰？　筋組織はよく発達している
行為のためにマニュアルをもつことは不便だと思う
え？　誰？　恥が表面から表面へと
終わることなく跳ね返る
ひだが下にずうっと連なっている
えっ？　誰？　キメ検知される
すべてがつねにいくぶんか間違いである
境界の消え方やあらわれ方が多重の光のようだ
えっ？　会陰？　ひろがるちぢれた波
時の向こう側が少しだけめくれている
誰？　会陰？
誰？　会陰？

2

詩人が会陰について書くのは
おそらく私がはじめてだろう
ぎうぎうぎう
遠隔のきみを孕ませながら
みずからを会陰たらしめたいと思う

3

会陰のうえに立つと不思議だ
（と神経の蟻は語る）
古い裂開の記憶がさわさわとひろがり
ついで縫合の未来が
つる草のように音もなく上書きされてゆく

隣では
性愛の
ぬぷたふぬぷたふ
なんとひらがなに満ちていることか

4

母の母の
そのまた母の
滋味あふれる陥没の跡
それを探し歩いていたらしいのね私たち
（と別の神経の蟻は語る）
途中で道を何度も間違えて辿り直したり
探索の場のなんというプラトー
あるいは会陰
はるか崖下に松林が異様に青く広がり
その青さに見覚えがあると思ったのね私たち

会陰を降りてゆく

5

もう会陰しかない
どこからか血が噴きこぼれてきて
生きて薄い脇レベルもう会陰しか
ない（笑い）身がらは左側に逸れて捩れ
右側や向こう側が入り乱れて滲みてくる
夢の表ではダチョウのように痩せた老詩人が
声の薄明をしきりに織り上げもう会陰
しかないわたくしは女つぶやかれてしまう
またたくまの廃墟またたく股（笑い）の廃墟
やや遠い薄膜のように心を思い描きもう
会陰しかない眼の奥が絞られるほど眩しくて
言葉の裏に住むざわめきの虫もわたくしは女（笑い）
誘い出されてしまう死後にもリズムは在れ

離接したらまた人知れず裂開のあふれて
遅れて骨のきりもなく届く藻のように
マドンナのまわりをまわるスペルマムプフィよ
スペルマムプファよもう会陰しかない
円周率さえ歌い出して砧骨（笑い）にも
仙骨（笑い）にも雷が発生して
もう会陰しかない

ヒメのヒーメン

私たち
ヒメのヒーメンを運ぶヒーメン
ヒメの膜《ヒーメン》

私たち犬の顔をして鳥の顔をして
運ぶヒメのヒーメン蝶のように飛びやすく
弥勒のミルクのようにぷるぷると優しい
閾《ヒーメン》
に囚われの息
ではなかったか私たちバルチュス描くあの少女のように
眠っていたヒメの股間から
そっと盗み出したのだヒーメン
うっすらと血のにじむヒメの非決定《ヒーメン》を
運ぶ

ヒメの内側と外側のあいだ
極薄《ヒーメン》
黙劇を織るような男たちの欲望がそこを出入りするまえに
と思ったのだがおのずから膜は
浸透
させてしまうではないだろうか蝶のように
飛びやすく弥勒のミルクのように
ぷるぷると優しいのだから男たちの欲望はそこへ
熱風として雨としてやってくるのかもしれないのだから

ヒメのヒーメンを運ぶ萌えそめの亀頭の森
果てぎわの痙攣ぬぷっ私たち犬の顔をはずし鳥の顔をはずし
次第に狂おしいあわあわしい

熱風として
雨として

＊ヒーメン hymen はラテン語で処女膜のこと。偶然とはいえ、ヒメと音が似通っていることがなんとも興味深い。

iii

萌える未知のアシカビ

（遊ぼ、しゝむら、）

虹の、根に、シティ、透き、
蛇の、眼に、ボディ、梳き、

遊ぼ、しゝむら、
わたくしは、葉に揉まるゝ、
葉は、水に揉まるゝ、
ゆつくりと、ゆつくりとね、
しゝむらを、しゝむらと思ふ、初湯だもの、
ちがふ、そこぢやない、
舐めて、いちめんの、
いちめんの、ハルジオン、母老いる、
しゝむらだもの、雨あしをね、
二乗するでしよ、三乗するでしよ、
わたくしは、水に揉まるゝ、

水は、葉に揉まるゝ、
草の葉を、分けて奇跡の、しゝむらだもの、いやそんなベタなもんじゃないぶちぶちと感情の接続を抜かれむりくり血と涙のあるべき坩堝に放り込まれる感じ手近にある梱包用のナイロンロープから口のなかに突っ込まれていたボール状の猿ぐつわまで記憶は飛び記憶は飛び底は雑草にこすれてからだに苦痛がほしかったからだに苦痛がほしかったそれが奇妙なやすらぎとなるまで男は私のケツを叩きながらファックして逆上して私は眼がすげえイヤな光り方をして悲鳴のドップラー効果とともにそろそろ皮膚が限界だ掌から歪んだ乳房がこぼれうわあっ私という私がゆっくりと死んでゆくひどい物凄くひどい、
もう一度、おねがひ、
抱きしめて、しゝむら、
遊ぼ、月の海が崩れてさ、
脳に波に、しゝむらの波、
やめないで、入つてきて、
しゝむらつて、なぜしゝむら、
なのかしら、まだよ、
短日の、遺伝子の悲鳴よね、
空くすませて、しゝむらの伸び、

なほも伸び、はいはい、
あんたのリスクだよ、あんたの破滅だよ、
冬兆し、しゝむらそこに立て、そこを去れ、
葉は、水に揉まるゝ、
水は、わたくしに揉まるゝ、
さあ行かう、たんたんと、
しゝむら、こなすだけ、去年今年、
さう、そこそこ、
遊ぼ、しゝむら、

虹の、根に、シティ、透き、
蛇の、眼に、ボディ、梳き、

ピクン

よぎる塚の影のように
もう存在しないが
自由が丘劇場では処女残酷うぶ毛ＯＬ縄地獄
夢の基底に叫びはなく
ありふれた統辞もなく
もう存在しないが
新丸子モンブランでは悦楽の肌変態情事アニマル
よぎる塚の影のように
語は若干の鞭毛とともに泳ぎまわる
もう存在しないが
反町ロマン座では陵辱儀式むきむき夫人
うすい条理の気まぐれ
排泄物をかたちづくろうとするそのひそやかな蠢動
もう存在しないが

黎明座では貝くらべ女子大生ひだの戯れ
中心に核の存在する
存在しない
もう存在しないが
シネサロン・ネムレでは団地妻絶頂暴行壺あらそい
そうむしろ縁辺を盛り上げて
よぎる塚の影のように

女の巣

Ⅰ（女の巣）

夕まぐれ、郊外、風にめくれる数葉のビックコミックスピリッツに
乗って、「すでにしかじかのパーツは越えた」、――気は胞子のよ
うに、揺れるまなざしで地に肉薄し、ふるふる、ふるふるっ、とい
う子音のそよぎをつたってゆく、その下は草の葉、その下は声音の
腐葉土、形姿の霧、――あ、
　　　　　　　女の巣、
　　　　　　　　　　　　だ、そこで私は育まれたのだ
し、いまだって、霧ふかく這う性の放浪、性の端末、「高速で流さ
れ、横すべりしてやろう」――そこからまた、ふるふる、ふるふる
っ、と母音ではなく子音の気まぐれな網、その網状の身の集合の不
思議さの、伸びるだけ伸び、その複層に、稲妻のパルスはきらめく

Ⅱ（この生の有限性のうちに）

そこへ集中／火／火の土の折り畳まれた花／というよりもそこの素朴／そこの微妙／に触れ／掻き分け／草の葉のかげ／そこからの一撃／織られた息／を巣／巣として／その拡散においてもめぐりつづけること／

この生の有限性のうちに／

そこへ分断／エクスタシー／

エクスタシーの土のまぶされた皮膚／にもましてそこの囲いの柔軟／そこの洗練／に捩れ／踏み迷い／微量の沼のあやかし／そこへの一撃／群れつどう水滴／を巣／巣として／泥よ光よ器官たちよ潜れ

Ⅲ（「みてよこの痕跡」）

女の巣は、——地に肉薄の、眼のマトリックスたちよ、——きわめて微細、きわめて逃れやすく、泥と光がもつれあうなかを、語に語がまぎれ込むように、白い指のたわむれ、時のはらわた、穀粒、藁、ダンス、

「みてよこの痕跡」、
　　　　　地味な年、郊外、顔の芽のきざし、
――なおも地に肉薄の、眼のマトリックスたちよ、――ひっそりと
濡れ、痛苦を含み、シティが透けてみえそうな、その身の延長に灰
色の子音のやわらかな繭を紡ぎかけている、女の巣だ、女の巣だ

（そこ、緑に蔽われた窪地——）

そこ、緑に蔽われた窪地、
どこがどう狂っているのか、冬だというのに、
そこ、緑に蔽われた窪地、
笹や羊歯の茂みにまぎれて、
そこだけ都市のように、
古いトランクが捨てられている、
なかに人形のようなものがみえる、
ズームインしてゆけ、ズームインしてゆけ、

人形ではなかった、
さながら、
断ち切られた自身の物語のゆくえに向かって、
眼は見開かれている、冬だというのに、
ノースリーブのワンピース一枚という軽装で

トランクに詰め込まれ、眼は
見開かれている、

人形ではなかった、小泉
今日子の肢体、
死体、

なにか事件にでも巻き込まれたのだろうか、
トランクの内側には、
彼女が愛用していたとおぼしい日用品がびっしり
張りつけられている、時計、
トウシューズ、ぬいぐるみ、
まるで親しい何者かが
葬装品として飾りたてたみたいな、
写真、ほぐれた磁気テープ、押し花、
そして肢体、
小泉今日子の死体、

その青ざめた肌は笹や羊歯の茂みにつづいている、
笹や羊歯の茂みは窪地をなし、
窪地は樹海につづいている、冬だというのに、
そこ、緑に蔽われた窪地、
どこがどう狂っているのか、
そこだけ都市のように、小泉
今日子の死体、
肢体、

「こんなに幸せな気分で殺してくれた犯人を
早く捜してください」とは、
彼女からのメッセージ、眼は
見開かれている、そこだけ都市のように、
揺すってやれ、揺すってやれ、
覗く多数多様なひとよ、
彼女はまだ、断ち切られた物語のゆくえが曳く
彗星の尾のような光と交わって、
べつの結末の胚を孕もうとしているのだ、

その光に乗り移れ、
覗く多数多様なひとよ、——

強度の女

強度の女は描写できない
ただこんなふうにいえるだけだ
セミナーハウスでの合宿の朝はつらい
ひとり寝過ごしてしまう
しかし隣に強度の女が寝ていたのはあきらかだ
布団をはがしてみると
私は墨のような分泌液にまみれている
憂鬱の黒い太陽
ならよかったのに
掃除の人が来たので
ゆうべ食べたイカ墨があたったらしく
吐いてしまいました
などと言い訳しながら
あわてて拭きはじめるが

拭くにつれたしかに吐瀉物のようにもみえてくる
今度強度の女に会ったら
この苦渋を伝えておこう

あるいは波

不眠の夜の海は、アメリーの乳房のよう。
――アルチュール・ランボー

海にゐるのは、
あれは人魚ではないのです。
海にゐるのは、
あれは、浪ばかり。
――中原中也

わたくしの果ての世の月明かりの
液晶の海に
ちらちら
みえているのは
あれは人魚でも波でもなく

眠れない女たち

人のうち
どこまでも柔らかく
重たげな肉をうねらせ分泌にみち
眠れない
とりわけ眠れない女たち

おおたえまなく寝返りをうつ女たち眠れない眠れない
するとたとえようもなく
うなじの明るみ
針を刺すと
ぞろぞろと白い虫たちがあふれ出すような

その照り映え
その照り映え
その照り映え

捕獲の網を手に
誰だわたくしは
夏の日の少年でもあるまいし
ただこんなにも睾丸が
睾丸だけが
卵黄のように垂れた月をまねて重い

そのあいだにも
眠れない女たちのすさまじいパーティだパーティ
ひとりが
パンプスをはいたままベッドを飛び越え
蹴り上げる昼の鬱屈の隣で
べつのひとりが
ベッドをたてて
くるくるとまわし始める
ワルツももうどうしようもなくワルツその照り映えその照り映え

わたくしの果ての世の月明かりの

液晶の海に
ちらちら
みえているのは
あれは人魚でも波でもなく
眠れない女たち

葦牙——次に国稚く浮きし脂の如くして、海月なす漂へる時、葦牙の如く——（『古事記』）

——ポエジーの萌える十二景

1（爪）

葦牙のとき、
ほらいたるところ、
何かしら爪《ポエジー》の欲情的しがみつきのような
残り雪のあやうさです、

2（文字）

水の日、わたくしは文字《ポエジー》、生まれ出ようとしている、萌える未知のアシカビ、外では葉むらが支配して、アマンディーヌあるいはふたつの庭、荒れた庭と整いの庭と、そのはざまを歩きながら、成熟にむかう少女の、通過儀礼としての出血体験を、平易ながらみずみずしい文体で描き上げたという、この佳篇、

この佳篇について記せ、

3　（啞）

べつの葦牙のとき、
一帯の残り雪のむこうに、
薄いモノリスのような啞《ポエジー》のさきぶれが一枚
そびえ立っています、

4　（累乗）

水の日、課題は与えられて（この佳篇について記せ）、
女子学生たちはいっしんにペンを走らせる、自身ま
だなまなましい記憶としてその出血体験をかかえて
いるにちがいない彼女たち、彼女たちのひとつひと
つの生身を、そのおもてやうら、うらの累乗《ポエジー》を、ア
マンディーヌあるいはふたつの庭、この佳篇、この
佳篇がくぐる、くぐった、そのつどにわたくしは文
字、生まれ出ようとしている、萌える未知のアシカ
ビ、

5　（媒質）

またべつの葦牙のとき、

媒質《ポエジー》めく水の文法はなく、
右の巌から左の草むらへ
まだ見ぬ水蛭子たちが渡ってゆきます、

6（くねくね）

また何かそして葦牙？　何か葦牙！　それ？
くねくね《ポエジー》の孔で起きる！　球状のうらのその多孔から？
水母なす成分！　じわじわ拡散しながら？　つぶつぶ人称の！
おもてにたどり着き葦牙？　また何かそして！

7（水飴）

水の日、わたくしは文字、萌える未知のアシカビ、かえって、佳篇によぎられているはずの、彼女たちというささやかな主体、そのひそかな通過の跡、それをわたくしはまとうのだ、まといながら、彼女たちの脳から指へ、指から紙へ、その指さき、その指さき踊るとき（そのおもてやうら、うらの累乗を）、鳥、泥、水飴《ポエジー》のように光って、おおついにわたくしは文字、生まれ出ようとしている、

8　（じわじわ）

また何かそして葦牙？　何か葦牙！　それ？
まっすぐな孔で起きる！　蜂の巣状のうらのおもてに？
つぶつぶ人称のコーティングきれい！
両端からそこへ？　水母なす成分！　じわじわ《ポエジー》孔を？
拡散してたどり着き葦牙！　また何かそして？

9　（背）

こうして葦牙につづく葦牙のとき、
その隣接の背《ポエジー》のゆかしさの裂け目から、
また残り雪のような
べつの葦牙のあらわれです、

10　（臍）

水の日、彼女たちの指、白くてみずみずしい指、そのたわむれが、わたくしは文字、そのわたくしをつぎつぎと紙へ繰り出しながら、そのうえで（その指さき踊るとき）、しなり、たわみ、そよいだのだ、そのそよぎにわたくしは絡み、ねばつき、萌える未知のアシカビ、外では葉むらが支配して、アマンディーヌあるいはふたつの庭、この佳篇、この佳篇

がわたくしの外皮、わたくしの臍《ポエジー》、

11（はらわた）

それら葦牙のめくられてゆくとき、
およそあらゆる構築物は
時のまばゆいはらわた《ポエジー》を剥き出しにして、
解体されています、

12（分泌）

水の日、わたくしは文字、ようやく彼女たちの指を離れ、紙にかたちを成してゆく、彫りこまれたようなわたくし、なぐり書きされたようなわたくし、その跳ねや滲みは、彼女たちのためらいやとどこおりの跡、ところどころかすれているのは、彼女たちの手の汗のしるし、あるいはもっとべつの何かの、ひそかな分泌《ポエジー》のしるし（しなり、たわみ）、茎、日付、泡の微晶を撒きこぼして、わたくしは文字、生まれ出ようとしている、萌える未知のアシカビ、

13（咬合）

その葦牙なき葦牙のとき、

空間のテニヲハは自在にひきつり、
うらはおもてと
光は闇と軽い咬合《ポエジー》を果たしています、

（ほら、遅い春の午後なんかに――）

ほら、遅い春の午後なんかに、
日だまり、
日だまりがさ、
家の裏庭とか、鎮守の森のはづれとか、
思はぬ奥まつたところにできてゐて、
あれつて、その向かうは死後、
私たちの死後だつたりして、
落ちる蝶、
天気雨、ヤコブの梯子らがみえ、
それからまた日だまり、
日だまりだけが、
てんてんと、つづいてゐるのではないだらうか、
それをどこまでも、
石蹴り遊びのやうにたどつてゆく、

そんな無人がゐてさ、無人だから、
ただ性器や内臓が、やたらきらきらしいんだ、
それがどこまでも、
日だまり、
日だまりに跳ねて、
ヤコブの梯子、
雷鳴、黒い繭らも越え、
もう私たちは、ほら、死後だからさ、
影もかたちもないんだけど、
ちちははの交はりのやうに、
匂ふ、
とても匂ふ、

収録詩集一覧

（ある日、突然）	『ニューインスピレーション』（２００３）
閨秒のなかで、ふたりで	『特性のない陽のもとに』（１９９９）
コイトス通史	『風の配分』（１９９９）
不詳肌	『ヌードな日』（２０１１）
緋の迷宮	『ZOLO』（２００９）
性の端末	『難解な自転車』（２０１２）
エクササイズ	未刊
そして徴	『スペクタクル』（２００６）
強制開芽	『わがリゾート』（１９８９）
極楽考	『plan14』（２００７）
飛狭根	『草すなわちポエジー』（１９９６）
会陰讃	『ニューインスピレーション』（２００３）
ヒメのヒーメン	未刊
（遊ぼ、しゝむら、）	『街の衣のいちまい下の虹は蛇だ』（２００５）
ピクン	『草すなわちポエジー』（１９９６）
女の巣	『特性のない陽のもとに』（１９９３）
（そこ、縁に蔽われた窪地——）	『アダージェット、暗澹と』（１９９６）
強度の女	『狂気の涼しい種子』（１９９９）
あるいは波	『スペクタクル』（２００６）
葦牙	『草すなわちポエジー』（１９９６）
（ほら、遅い春の午後なんかに——）	『難解な自転車』（２０１２）

あとがき

私の既刊20冊の詩集および未刊詩篇から、エロティックな詩ばかり21篇を集めて、楽しい選詩集を編んでみました。配列は時系列を無視して、われわれの性が個を超え時空を超えてひろがってゆくような流れが、なんとなくですけど、感じられるようにしました。

私はしばしば、エロい詩を書く詩人とされているようです。それを否定はしませんが、同時にまた、私の詩において、エロスの言葉は言葉のエロスと分かちがたく結びついています。性的興奮プラス詩的興奮。したがってこの選詩集は、生真面目な方々にも十分楽しんでいただけるはずです。

野村喜和夫

2016年早春

野村喜和夫（のむら・きわお）

1951年埼玉県生まれ。戦後世代を代表する詩人のひとりとして現代詩の先端を走りつづけるとともに、小説・批評・翻訳なども手がける。著訳書多数。詩集『特性のない陽のもとに』（思潮社、1993）で第4回歴程新鋭賞、『風の配分』（水声社、1999）で第30回高見順賞、『ニューインスピレーション』（書肆山田、2003）で第21回現代詩花椿賞、評論『移動と律動と眩暈と』（書肆山田、2011）および『萩原朔太郎』（中央公論新社、2011）で第3回鮎川信夫賞、『ヌードな日』（思潮社、2011）および『難解な自転車』（書肆山田、2012）で第50回藤村記念歴程賞、英訳選詩集『Spectacle & Pigsty』（Omnidawn、2011）で2012 Best Translated Book Award in Poetry（USA）。

著者　野村喜和夫©　発行日　2016年6月26日初版発行　発行人　山岡喜美子
発行所　ふらんす堂　〒182―0002　東京都調布市仙川町1―15―38―鍋屋ビル2―2F　電話　03（3326）9061　FAX　03（3326）6919
URL　http://www.furansudo.com/　MAIL　info@furansudo.com
印刷・製本　三修紙工株式会社　装丁　和兎　定価　本体2500円＋税
ISBN978-4-7814-0857-6 C0092 ¥2500E　落丁・乱丁本はお取替えいたします。

閏秒《うるうびょう》のなかで、ふたりで